MIRTA

Y EL VIEJO SEÑOR

Dolores Soler-Espiauba

MIRTA
Y EL VIEJO SEÑOR

DIFUSIÓN

Centro de Investigación y Publicaciones de Idiomas
C/Trafalgar, 10, entlo. 1ª 08010 Barcelona
E-mail: editorial@difusion.com
www.difusion.com

Colección **"Venga a leer"**
Serie "América Latina"

Diseño de la colección y cubierta: Àngel Viola
Ilustraciones interiores: Paloma Soler-Espiauba
Ilustración de cubierta: Margaret Hewitt

PAPEL ECOLÓGICO

4 5 6 7 8 / 2006 2005 2004 2003 2002

ISBN: 84-89344-42-6
Depósito Legal: B-44023-97
Impreso en España-Printed in Spain

1

- ¿Dígame?
- Buenas tardes, llamo por el anuncio.
- ¿El anuncio...? Ah, sí. Yo soy el interesado, dígame, por favor...
- Mi nombre es Mirta Corbalán, y llamo por el anuncio del diario *El Universo*; me interesa.

- Ya, pero... Tiene usted una voz muy joven... Perdone la pregunta, ¿cuántos años tiene?

- Veinte, tengo veinte años.

- Hum... un poco joven. ¿Sabe cocinar?

- Claro que sé cocinar, soy la mayor de cinco hermanos y mi mamá es una buena educadora: sé cocinar, planchar, coser, limpiar, ordenar... En una palabra, sé llevar una casa.

- ¿Es usted española?

- Lo dice por el acento, ¿verdad? No, no soy española, soy chilena. Pero tengo los papeles en regla, no se preocupe. Hace casi un año que vivo en Madrid y... Bueno, no es fácil encontrar trabajo.

- ¿Dónde vive? ¿Puede darme su dirección y su teléfono?

- *Ahorita*[1] estoy viviendo en casa de una amiga chilena que trabaja en una agencia de viajes: calle San Fernando, 15, 4º derecha. Y el teléfono es el 348 65 04.

- Bien... Como sabe por el anuncio, necesito una persona para llevar la casa: limpiar, cocinar, hacer la compra, ocuparse de mi ropa y también hacerme un poco de compañía, pues desde que estoy viudo, me encuentro muy solo... Esto no lo dice el anuncio, pero es así. Tengo ochenta y un años y... bueno... Me da miedo vivir solo.

- Lo entiendo perfectamente.

- ¿Conoce las condiciones? El sueldo está en el anuncio y el horario de trabajo, todos los días de ocho a cuatro; de cuatro a nueve estará libre para lo que quiera hacer, de nueve a diez cenamos y, después, puede disponer de su tiempo.

- *Regio*[2], tengo clase diaria de cinco a ocho, me viene muy bien ese horario.

- Tendrá un mes de vacaciones pagadas en verano.

- Bueno, el verano de aquí es el invierno de Chile -se ríe Mirta-, pero no importa.

- ¿Puede venir a verme mañana? Si llegamos a un acuerdo, puede empezar a trabajar el lunes.

- Con mucho gusto. ¿Le parece mañana por la tarde?

- Muy bien, sobre las seis, porque yo siempre duermo la siesta después de comer.

- Perfecto. ¿Me puede dar su dirección?

- Menorca, 224, 6º izquierda. Le dice a la portera que viene a visitarme, porque es muy desconfiada.

- Sin falta. Hasta mañana entonces, adiosito.

- Hasta mañana.

2

Tres días más tarde entra Mirta en casa del viejo señor con una gran *valija*[3] y muchas pequeñas bolsas que contienen sus tesoros: una pequeña radio, un casete con muchas cintas, un álbum de fotos, una caja llena de cartas y una guitarra.

El viejo señor está sentado frente al televisor, su gran amigo y compañero; se levanta para abrirle la puerta y saludarla y la mira con curiosidad. Desde la muerte de su mujer, cuatro candidatas al puesto han entrado por esa puerta y han salido por ella pocas semanas después. Qué difícil es encontrar a la persona ideal para este trabajo: discreta, limpia, puntual, trabajadora, seria, buena cocinera...

- Buenos días, Mirta. ¿Qué tal está?

- Buenos días, señor... Bien, gracias.

- Te voy a enseñar tu cuarto. ¿Puedo llamarte de tú? Podrías ser mi nieta, ¿sabes? Tengo dos nietos, uno de veintitrés años y otro de dieciocho, tu edad.

- No faltaba más, señor.

- Me llamo Francisco.

- No faltaba más, don Francisco.

Don Francisco la conduce por el largo pasillo de un piso antiguo, oscuro y bastante triste. Pasan delante de la cocina, no muy moderna, del cuarto de baño principal, del dormitorio del señor, del despacho, del cuarto de huéspedes y por fin...

- Mira, éste es tu cuarto, no es muy grande pero tiene mucha luz. Es el más alegre de la casa.

Mirta piensa que su pieza es la menos triste de la casa, y efectivamente, hay un gran balcón que da a la calle y el sol entra en ese momento hasta la cama. Hay un armario empotrado, una mesa para escribir o estudiar, una silla junto a la mesa, un pequeño sillón junto al balcón, una estantería para poner libros y otros objetos y una mesilla de noche.

- ¿Qué te parece? Hay un poco de ruido, porque en la calle hay mucho tráfico, pero...

- Me gusta, me gusta.

Don Francisco le enseña un pequeño cuarto de baño junto a la habitación, es muy pequeño pero es cómodo tener una ducha para ella sola.

- Bueno, te dejo tranquila, arregla tus cosas y ven después a verme para hablar de la comida de hoy, ¿vale?

- Vale.

Mirta piensa que los españoles dicen constantemente vale; tendrá que acostumbrarse. Hablan también más deprisa que los chilenos y parecen más secos, más duros. Pero después de un año, ya está acostumbrada y sabe que es solamente una impresión. Es el mismo idioma pero con una entonación diferente y a veces con algunas palabras y expresiones distintas.

Empieza a ordenar su ropa en el armario: los jerseys, los calcetines de lana y el abrigo necesarios para el invierno de Madrid, que empieza en noviembre... Ahora en Valparaíso está empezando la primavera, todo allá es tan distinto y tan lindo... Pero no quiere ponerse triste. Coloca sus libros en la estantería, no tiene muchos, son tan caros... Saca de la maleta la ropa interior y los zapatos y hace su cama con las sábanas y las *cobijas*[4] que están dobladas en una silla. Y ahora las fotos: una foto de su mamá con ella, el día de su último cumpleaños y una de Lautaro. Lautaro... Mejor no pensar ahora, no quiere ponerse triste.

- ¿Don Francisco?

- Siéntate, Mirta, vamos a charlar un poco.

- Yo como muy poco, ¿sabes? No tengo mucho apetito... Los viejos comemos poco. El médico dice que tengo que comer mucha verdura, pescado, fruta, caldos y zumos, cosas así, pero muy poca carne y nada de grasa, todo sin sal. Y el vino... tampoco, nada de vino.

- Es normal. Pero no se preocupe, yo tampoco bebo vino.

"Mentira -piensa Mirta- el vino chileno me encanta, es buenísimo y aquí casi no se conoce. Y más todavía *el pisco sour*[5]."

- Y las comidas, bueno, la comida chilena no es tan diferente de la comida española. Comemos mucho pescado también y verduras... ¿Conoce las empanadas? Son riquísimas. *Mi mamá*[6] es la gran especialista de la familia.

- Mi mujer también hacía empanadas, y muy ricas, pero háblame de tu madre, ¿vive sola?

- Está viuda también, desde hace cinco años. Trabaja mucho y duro, porque somos cinco hermanos y la vida no es fácil.

- ¿A qué se dedica?

- Es modista, cose muy bien y tiene una buena clientela en Valparaíso. Pero trabaja demasiado... Por la noche sobre todo, hasta muy tarde, todos los días. Por eso vine yo *acá*[7], porque en Europa se gana más *plata*[8], bueno, más dinero. Además, quería conocer España. Mis abuelitos maternos son españoles, vascos, y siempre cuentan cosas sobre la playa de Ondarreta en San Sebastián, sobre la cocina vasca y de la Semana Grande, por la Virgen de Agosto...

- Los chilenos tenéis mucho de españoles, ¿no?

- Mucho; pero también somos medio *mapuches*[9], la inmensa mayoría somos mestizos; indígenas casi no quedan, un tres por ciento nada más. Me parece que los mataron ustedes a todos -dice riéndose.

- Nos vamos a enfadar, Mirta... -dice don Francisco con el dedo índice en alto-. Nos vamos a enfadar.

- No, no nos vamos a *enojar*[10], don Francisco, porque usted no tiene la culpa. En todo caso, los culpables son mis antepasados, los españoles que llegaron allá hace muchos siglos, mis bisabuelos, no los suyos.

- Ah, eso ya es más razonable... Bueno, ¿y tú piensas quedarte aquí mucho tiempo?

- ¿En España? Pues no sé... Depende.

- ¿Te encuentras a gusto aquí, tienes amigos?

- Tengo algunos amigos... Sobre todo chilenos y también latinoamericanos: colombianos, argentinos, peruanos, nos vemos en discotecas de música latina y también en clase.

- ¿En clase?

- Sí, estoy aprendiendo informática e inglés. Hoy día el inglés es indispensable para cualquier trabajo; y también la *computadora*, digo, el ordenador.

-Claro, claro. Yo ya soy muy viejo para eso, pero hoy todo el mundo trabaja sentado delante de un ordenador, es terrible, hasta los niños.

- No es tan difícil, es un problema mental. Si uno piensa: no puedo, soy demasiado viejo, no lo consigue nunca.

- Bueno, yo... Mi gran tecnología personal es el mando a distancia de la tele. Eso sí, lo conozco perfectamente, sobre todo cuando hay fútbol.

- ¿Le gusta mucho el fútbol?

- Muchísimo, sobre todo cuando juega el Real Madrid.

- Ah. Eso me recuerda a mis hermanos: Hernán y Lucho, locos por el fútbol esos *cabros*[11]; siempre pegados al televisor, sobre todo cuando juega el *Colo-Colo*[12]: *"Campeón, campeón, campeón hay uno solo, se llama*

Colo-Colo, eterno campeón..." -tararea Mirta y se ríen los dos.

- Bueno, pues mira, te voy a dar dinero, tú miras lo que hace falta comprar para comer durante unos días y cuando se acabe el dinero y la comida, me lo dices. Hay un mercado muy cerca de aquí, dos bocacalles más abajo.

- ¿Quiere usted decir a dos *cuadras*[13]?

- Exacto. Allí hay de todo: carne, pescado, verdura, fruta... Pero ya sabes: yo, carne y embutidos, muy poco, muy poco, ¿vale?

- Vale.

- Una vez por semana puedes ir al supermercado y comprar las cosas básicas: azúcar, aceite, harina, arroz, lentejas, pastas... Y también los detergentes y los productos de limpieza, son más baratos que en las droguerías.

- Lo que usted diga, don Francisco. Voy a mirar lo que hay en los armarios de la cocina y en la nevera y lo que hace falta traer.

3

Aquella noche, la primera que pasa en casa de don Francisco, lejos de su amiga Ana Paula, Mirta está un poco triste y lo único que la puede consolar en este momento es su guitarra. El viejo señor está hipnotizado delante de la tele, porque juega su equipo y de vez en cuando da gritos de alegría o de rabia. Como además está un poco sordo, no hay peligro de molestarle con la música. Y Mirta se pone a tocar las canciones de su país, de su Valparaíso lejano.

Sin saber por qué, la canción de *Víctor Jara*[14] *Te recuerdo, Amanda*, viene a sus labios. Es una canción triste, de amor, de guerrilla y de muerte... Lautaro la canta tan bien:

"Te recuerdo, Amanda, la calle mojada, la lluvia en el pelo, corriendo a la fábrica, donde trabajaba Manuel... La sonrisa ancha, la lluvia en el pelo no importaba nada, ibas a encontrarte con él, con él..."

- "Mejor no pensar en Lautaro, porque no voy a encontrarme con él para nada" -piensa de nuevo Mirta y deja la guitarra, deja la canción-. "Mejor acostarse a dormir para olvidar la nostalgia."

- Buenas noches, don Francisco. ¿Necesita alguna cosa, un tecito, un vasito de agua? Me voy a la cama.

- ¡Gol! ¡Goooooool! -grita don Francisco como loco-. El Real Madrid ha marcado un gol y domina por dos a uno.

- ¡Ganaremos la copa, seremos campeones!

- Don Francisco, ¿me oye? ¿Necesita algo? Me voy a dormir...

- Nada, hija, nada, déjame escuchar, buenas noches, buenas noches.

Mirta se va a la cama un poco triste ante la indiferencia del anciano. Cuando va por el pasillo, camino de su pieza, oye otro grito:

- ¡No, no, no es posible, tramposos, tramposos!

Mirta, que ya empieza a comprender, piensa: "Seguro que el Barcelona ha marcado otro gol, ya no son campeones."

Y piensa en sus hermanos, Lucho y Hernán, cantando después de cada victoria de su equipo: *"¿Quién es Chile? ¡Colo-Colo! ¿Y quién es Colo-Colo? ¡Chile!"*.

- Están locos los hombres con el fútbol.

Y se acuesta, pensando, como *Scarlett O'Hara*[15]: "Mañana será otro día".

4

La portera es baja y gordita, tiene unos ojos pequeños y muy juntos y habla con acento andaluz:

- ¿Es usted la nueva sirvienta de don Francisco?

- Soy su señorita de compañía.

- Usted no es española, ¿verdad? Y la mira con sus ojillos malignos.

- No, señora, soy chilena. Y Mirta se va, muy digna.

Pero todavía la oye decir a una vecina que sale del ascensor:

- Cada día hay más *sudacas*[16] en Madrid.

No le gusta la palabra sudaca. Abre el buzón con el llavín que don Francisco le ha dado y encuentra una carta para ella con sellos de Chile. Olvida a la horrible portera, olvida que está sola en Madrid, olvida que no debe pensar en Lautaro y se mete la carta en el bolsillo de la chaqueta para poder leerla en un momento de tranquilidad. Precisamente, en la calle de Ibiza hay bancos en el *bulevar*[17] y Mirta se instala en uno que está vacío.

"Querida Flaquita[18]*: te escribo desde Santiago, estoy aquí desde el domingo. Todo es diferente de Valparaíso,*

pero me imagino que en Madrid más todavía. Acá hay tanto smog *que cási no se puede respirar. Cinco millones de habitantes respirando porquería. Está prohibida la circulación de los* carros[19] *sin catalizador, pero los médicos y los ecologistas piden medidas más severas. Y... si te digo otra cosa, te mueres: siete* temblores[20] *en cuatro días. Qué miedo... Dicen que las casas son antisísmicas, pero yo no me lo creo mucho. Bueno, hablemos seriamente, Santiago es una ciudad genial, aunque naturalmente, como* Valpo[21], *nada. Ya visité el museo de Bellas Artes, el museo de Arte Colonial y también la Casa de Neruda, que es lo que más me gustó; está en el barrio de Bellavista, un barrio* lindísimo[22], *con casitas de colores, como en Valpo, y con muchos cafés, teatros y galerías, música diferente en cada esquina y mucha gente joven, cabros en todas partes; los jardines de la casa de Neruda (en realidad son tres casitas colgadas de un cerro), son divinos y en el interior hay recuerdos de los viajes de don Pablo y de sus amigos artistas: Diego Rivera, Siqueiros, O'Higgins, Walt Whitman... Cada libro, cada objeto, están llenos de la presencia de nuestro poeta. También he descubierto una* salsateca[23] *supergenial. Espero poder ir contigo algún día. Pero, pero... He venido aquí para estudiar, como sabes, y para* laburar[24] *también. Trabajo tres noches por semana: viernes, sábado y domingo, en una hamburguesería. Es un laburo muy cansado y no me pagan demasiado bien (además el olor de las hamburguesas es nauseabundo y las odio), pero no hay otra cosa; así al menos podré pagarme las clases de piano en el conservatorio. Tengo unos profesores fabulosos y creo que voy a aprender mucho.* Extraño[25] *a mi mamá, a*

26
26
3993H

los muchachos y a la Julita[26], *pero pienso que es la mejor decisión de mi vida. ¿Y tú? Cuéntame de la tuya en España; qué valiente, irte tan lejos. ¿Son lindos los españoles, son todos como Antonio Banderas? ¿Aprendiste ya a decir* "vosotros"[27] *y "sois" y "vuestro" y "vale" y no sé qué más?* Harto[28] *me voy a reír de ti a tu regreso. ¡Diviértete, y goza! (Pero escríbeme lueguito). Besos, Sandra."*

Sandra, la más linda de las tres hermanas, la única rubia, descendiente seguramente de algún abuelo alemán, de esos chilenos alemanes que abundan tanto en el Sur del país y que viven en casitas de madera como en los Alpes y conservan las tradiciones germánicas... Sandra, con sus cabellos largos y rubios de princesa, vendiendo hamburguesas; Sandra con sus ojos azules y sus manos de pianista, la artista de los Corbalán, qué lejos de ella. Pero Mirta vuelve de repente a la realidad y mira el reloj: Dios mío, las once de la mañana y aún tiene que hacer la compra y preparar la comida para don Francisco y después recoger la cocina, porque en esta casa antigua no hay lavavajillas, ni aspiradora, ni batidora ni ningún electrodoméstico moderno. Y después tiene que ir a clase y aprender los verbos irregulares ingleses e imitar el acento de Oxford y pasar dos horas delante de una computadora dando órdenes a un "ratón"... Es dura la vida, piensa Mirta. Se levanta, *agarra*[29] su carrito de la compra y se dirige al mercado.

5

- ¿Le preparo *la once*, don Francisco?

- ¿Cómo dices, hija?

- Que si le preparo *la once* antes de irme a clase: unos sandwichitos con queso y jamón, un tecito o un cafecito? En Chile es la merienda obligatoria.

- Me parece una excelente idea, pero, ¿por qué la llamáis "la once"?

Mirta se ríe:

- Bueno, no está muy claro, pero parece ser que cuando estaba en vigor la ley seca, era un eufemismo para hablar discretamente del consumo de alcohol: "aguardiente"... Si usted cuenta las letras de esta palabra, seguro que le salen once letras. ¿A que sí?

- Pero qué listos sois los...

- Los *sudacas*, don Francisco, ya me conozco la palabrita, tranquilo. Pero, ¿sabe qué le digo? Que ustedes, los *gallegos*[30], también son muy listos.

6

El otoño madrileño es la mejor estación de la capital, de todos es sabido, y Mirta lo comprueba esta mañana cuando abre las persianas de su balcón y ve el sol espléndido, el cielo azul, el aire seco... Hoy no tiene que hacer la compra, hay hartas[28] cosas en la nevera para sobrevivir durante algunos días. Solamente el pan, el pan hay que comprarlo todos los días. Ah, y el periódico de don Francisco, su querido *Abc*. Allá en Chile su abuelo leía siempre *La Nación*, pero su papá *El Mercurio*. Mirta se ducha y se arregla, se pone un bonito suéter y unos pantalones vaqueros, prepara el desayuno para don Francisco, que ya ha salido del cuarto de baño, oliendo como siempre a colonia de lavanda inglesa. Y piensa: "Esta mañana me apetece dar un paseíto."

- Buenos días, don Francisco.

El anciano está delante de la consola del salón, observando el retrato de su difunta esposa. Hay varios por toda la casa: encima de la televisión, al lado de su cama en la mesilla de noche, debajo de un cuadro de la Virgen Dolorosa, detrás de un jarrón con flores en el salón...

- Don Francisco, hoy está un día tan lindo. ¿Por qué no salimos a dar un paseíto después del desayuno? Le hará bien, está siempre metido en casa.

- No, hija, muchas gracias, no tengo ganas de nada. Estoy tan solo y tan triste.

- ¿Cómo que está solo? ¿Y yo entonces, no cuento para nada? Mírese en el espejo, está pálido como un muerto, necesita tomar el aire.

- Mi vida no tiene sentido, sólo espero la muerte.

- Bueno, bueno, don Francisco, me va a poner triste a mí también. Tómese el desayuno y seguidito nos vamos al Retiro, debe estar lindísimo hoy con este tiempo. Le he preparado un juguito de maracuyá, una delicia, pura vitamina.

El viejo señor obedece: se toma el zumo, se bebe su café con dos tostadas de pan con mantequilla y mermelada y mira a Mirta sin saber qué hacer. Pero Mirta está preparada para todo: en la mano derecha el sombrero verde de don Francisco y en la izquierda su bastón con puño de plata. Le abre la puerta con una sonrisa y lo sigue hacia el ascensor.

Higinia, la portera, los mira con malos ojos:

- ¿Adónde va usted tan temprano, don Francisco? A ver si coge frío y tenemos un disgusto...

- No se preocupe, Higinia, hasta luego.

Ya en la calle compran el *Abc* y caminan despacito hacia el Retiro, un bello parque madrileño que está muy cerca. Hay poca gente, porque los niños están en el colegio y los adultos trabajando, pero sí se ven algunos jubilados que se pasean con las manos en la espalda, otros que pasean a sus perros y algunas jóvenes mamás que juegan con sus *guaguas*[31] y hablan en los bancos con otras mamás.

Se sientan en un *chiringuito*[32] que a esta hora está casi vacío y piden dos cafés. A su alrededor hay jardineros municipales que cuidan y riegan las plantas y algún peatón que atraviesa el Retiro a pie para ir al centro de Madrid. Don Francisco abre el periódico y se pone a leer. Siempre empieza por las esquelas, para ver qué personas conocidas han muerto esa noche, y cuando conoce a alguna, lo comenta con toda la familia durante semanas. Después lee las crónicas de fútbol, los pronósticos para su club; y por último la política nacional y la internacional.

Después de tres cuartos de hora de silencio, Mirta tose discretamente:

- Don Francisco...

- ¿Decías algo?

- Me estoy aburriendo terriblemente.

- Ay, perdona, hija; es que no estoy acostumbrado a hablar con las chicas que se ocupan de mí.

- Pues a mí me gusta mucho hablar y si no hablo, me aburro.

- Bueno, pues vamos a hablar, como tú dices. ¿Hay parques como éste en tu tierra?

- Huy, qué cosas dice, y mucho más lindos también. Los árboles de allá, no se puede imaginar. Los más bellos: las araucarias y los jacarandas. Pero también eucaliptus, pinos, palmeras, abetos, raulíes, hualos, canelos, avellanos... y flores, hartas variedades de flores, pero la más chilena, la más nuestra es el *copihue*, roja como la sangre, simboliza el amor... ¿Usted sabe, don Francisco, que Chile tiene más de 4.000 kilómetros de longitud? Imagínese nomás la cantidad de especies vegetales y de paisajes, desde el desierto de Atacama, en el Norte, hasta la región de los lagos y la zona antártica en el Sur... Creo que es el país más variado del mundo, todos los turistas lo dicen, lo más hermoso de Chile es la naturaleza y también la variedad. Tenemos desiertos y lagos y cordilleras cubiertas de nieve y playas divinas y ríos caudalosos... Hay una leyenda que dice lo siguiente: un día, Dios decide crear el mundo y crea países con montañas como Suiza, países con lagos como Finlandia, países con islas como Grecia, países con selvas como Brasil, países con desiertos como Marruecos... Y cuando termina su trabajo, ve que le sobra un poquito de cada cosa. Entonces decide crear Chile con todos esos poquitos. Lindo, ¿no?

- Bueno, bueno, me están entrando ganas de conocer ese país tan extraordinario, hija.

- Ay, qué bueno, don Francisco, eso sería regio.

- Pero soy demasiado viejo, Mirta, y a mí ya no me interesan los viajes.

- Si le interesa el fútbol, pueden interesarle otras cosas. *De a poco*[33] va a apetecerle viajar a Chile.

- Hum... ya veremos. ¿Qué, volvemos a casa?

- No faltaba más, don Francisco. ¿Qué le apetece almorzar hoy?

- No sé, hija, lo que tú quieras...

- Tengo una *palta* en el frigo que va a estar muy rica de primer plato.

- ¿Palta, qué es eso?

- Ay, es verdad, ustedes la llaman aguacate, con el nombre azteca. En Chile la comemos como mantequilla, untada en pancito, tan sabrosa... Después le voy a preparar unas empanadas con la receta de mi mamá, verá qué cosa rica, y una ensaladita de lechuga y tomate para acompañar.

- Mi mujer también cocinaba muy bien, pero no hacía esos platos tan exóticos, nunca compró aguacates.

- Es normal, don Francisco; ella le cocinaba seguramente platitos españoles: paella, cocido, fabada y otras cositas sabrosas, ¿cierto?

- Sabes un cosa, Mirta, de tanto hablar de comida, se me está abriendo el apetito, tengo un hambre...

- ¡Es el paseíto, señor! ¿Tenía yo razón o no?

En el portal, Higinia los mira otra vez con sus ojos pequeños, juntos y malvados:

- ¡Vaya frío! ¿No? Qué idea, irse a pasear con este día...

- ¡Qué va, Higinia! Hace una mañana espléndida, me siento en plena forma.

Mirta abre el buzón y hay una nueva carta con sellos de Chile; es la recompensa que esperaba.

- Adiosito, señora Higinia, debería usted salir un poquito a tomar el aire, ¡ayuda a cambiar de ideas!

7

"M'hijita[34] *linda:*

Pienso en ti todo el tiempo; cuando acá es de día, tú estás durmiendo; cuando yo estoy durmiendo, allá es de día y tú trabajas; qué difícil pensar y vivir al mismo tiempo... Qué bueno que encontraste un laburo. ¿Es serio ese señor don Francisco? Ojo con los hombres, mi niña, que hasta viejos son todos igualitos . El sueldo me parece bueno, claro que seguramente allá la vida está más cara, tú hablas de pesetas, yo pienso en pesos, pero no tienes gastos suplementarios de alquiler, ni de luz, ni de agua... ¿Cómo te arreglas para cocinar, le gusta la comida chilena, ya le hiciste mis empanadas? ¿Le gustaron? Te mando la receta en una hojita aparte.

Acá, la casa está vacía, sin la Sandra y sin ti; la Julita anda triste cuando vuelve de la escuela y los muchachos, ya sabes, siempre en la calle o viendo fútbol en la tele. Gasto menos, claro está, porque a la Sandra no le mando ni un centavo, se consiguió un trabajo; también Lucho y Hernán sacan buenas notas últimamente... Hernán sólo piensa en entrar en el Colo-Colo juvenil , ¿te imaginas? Extrañamos tu guitarra y tus lindas canciones. La Julita quiere una guitarra por Navidad, seguro que es para imitarte. Tengo que termi-nar, m'hijita, tengo mucha costura últimamente; eso es bueno, pero necesito anteojos[35] *nuevos, cada vez veo peor. Ah, llamó Lautaro y me pidió tu teléfono... Está tan triste que se lo di. A lo mejor te llama. Escríbeme, guagüita querida; te quiere muchísimo y te envía muchos besos. Tu mamá.*

<u>Receta de las empanadas de pino</u>

El pino, *o sea, el picadillo de carne, lo tienes que hacer con carne molida, más o menos un cuarto de kilo, que fríes en cuatro cucharadas de manteca de cerdo con una cebolla grande picada fina y una cucharadita de ají de color.*

Cuando está frita la mezcla, añades sal, pimienta, orégano y comino, una tacita de pasas, diez aceitunas, un huevo duro picado y una cucharada de harina, se mezcla todo bien y se añade una taza de agua, se deja cocer unos cinco minutos y después se deja enfriar. Para la masa necesitas: tres tazas de harina, una cucharadita de levadura, un huevo, dos cucharadas de manteca derretida, dos cucharadas de aceite y una taza de agua con dos cucharaditas de sal. Ya sabes, lo mezclas todo bien y lo dejas reposar una hora. Después, cortas redondeles de masa con un vaso, pones en el centro una cucharada de pino, la doblas en forma de empanada y al horno una media hora. Ya me contarás el resultado."

8

- ¡Mirta!

- ¿*Quiubo*[36], don Francisco?

- ¿No te vas a clase? Vas a llegar tarde.

- Recibí una carta de mi mamá, por eso...

Don Francisco la mira: tiene los ojos rojos de tanto llorar.

- Si alguna vez quieres llamar por teléfono a tu casa, puedes hacerlo desde aquí sin ningún problema.

- Gracias, señor, es muy gentil... Pero es complicado, las horas son diferentes y...

- Ya lo sé. Pero puedes llamar cuando yo estoy durmiendo, no me importa.

- Qué amable, don Francisco. Pero igual ellos me llaman cualquier día, tienen su teléfono.

En ese momento suena el timbre, Mirta va a abrir y aparece un chico moreno, alto, atlético y sonriente.

- Ah, me parece que tú eres Mirta... Soy Borja, el nieto de... bueno, el nieto de mi abuelo.

- Encantada, Borja, pasa. Tu abuelo está en el salón. Lo siento, tengo que marcharme, tengo clase en media hora y la *micra* tarda muchísimo.

- ¿La micra?

- El microbús, bueno, ustedes dicen el *autobús*, pero es lo mismo. Hasta lueguito.

- Hasta luego, Mirta. Volveré otro día a otra hora, te lo prometo.

Mirta se va y Borja entra en el salón.

- Caramba, abuelo, qué señorita de compañía de lujo tienes. ¿De dónde la has sacado?

- De un anuncio en el *Abc*, hijo. Es muy educada y formal y cocina muy bien.

- ¡Y además es guapísima! ¡Qué pelo, qué ojos, qué sonrisa, qué cuerpo...!

- Me parece, Borja, que te voy a ver muy a menudo en casa. ¿A que sí?

- Qué listo, abuelo. Bueno, hoy he venido a pasearte. ¿Damos un paseíto?

- No, hijo, paseo todos los días con Mirta.

- Ajá, esta chica es perfecta. ¿Y crees que a mí también me podrá pasear?

- Lo veo difícil, está muy ocupada.

Suena el teléfono.

- ¿Cómo dice, para Mirta? Sí, sí, aquí vive... ¿De parte de quién? ¿Cómo dice? ¿Lautaro? No, no, no está ¿De dónde dice que llama? ¿De Chile? Pues se ha ido a clase hace un momento... Yo le diré que ha llamado, sin falta.

Y cuelga.

- Lautaro... Qué nombre, como el héroe de la *Araucana*[37], de Ercilla.

- A una chica como ésta sólo pueden llamarla por teléfono los héroes mitológicos. Mañana, a lo mejor, Ulises o Sigfrido, quién sabe...

El abuelo se ríe:

- Estoy preparado para todo. Ya te contaré. ¿Y qué hora puede ser en este momento en Chile?

- Pues seis horas más temprano que aquí, ¿no?

- Las diez y media de la mañana... Muy enamorado tiene que estar el Lautaro para llamar a esas horas.

- Hum...

9

"Querida Sandra:

Cómo me alegró tu carta, aquí estoy tan sola y tan lejos de todo que una carta es algo muy importante, sobre todo si es tuya. Qué bueno que te conseguiste un trabajo. Genial lo de las hamburguesas, los gringos[38] *velan por nosotros, ¿qué haríamos sin ellos, verdad? Lo importante es el piano, flaquita, continúa con él, un día te veremos en las salas de conciertos de Europa, estoy segura, y yo estaré en la primera fila aplaudiendo a la hermana famosa.*

Acá no estoy mal, los españoles no son mala gente, algunos son desagradables, como la portera de la casa donde trabajo, que me llama sudaca a mi espalda, ¿conocías el término? Un sudaca *puede ser tanto un colombiano como un cubano, un argentino o un mexicano (pero siempre gente de poca plata). Lo determinante es ser hispanohablante pero con un acento raro. Ya me acostumbré y no me importa nada ser sudaca. Mi patrón es un viejito de ochenta años, un poco triste y melancólico, pero buena gente también. Como estamos solos los dos, esto nos une y me parece que está contento conmigo. Gasto muy poco dinero, para poder viajar a Chile el verano que viene. Bueno, el invierno para ustedes, porque aquí las estaciones están cambiadas. Ahora entramos en el invierno y voy a ne-*

cesitar el saco[39] *y los calcetines y guantes de lana mientras ustedes están comprando trajes de baño y minifaldas.*

Tengo que contarte algo que me preocupa: hace unos días me llamó por teléfono Lautaro, imagínate. Afortunadamente yo no estaba en casa, pero volverá a llamar, estoy segura. ¿Qué hago si me llama, flaca? ¿Qué le digo? Es muy duro estar aquí sola por causa de él... ¿Por qué no me deja tranquila?

Me preguntas por los cabros de aquí, pues no están nada, nadita mal, aunque no todos se parecen a Antonio Banderas. Don Francisco, mi patrón, tiene un nieto superlindo, por lo menos un metro noventa y unos ojazos grises... está "macizo"[40]*, como dicen aquí. Te dejo, Sandra, tengo que planchar camisas, cosa que odio. Este señor es superlimpio y se muda de camisa todos los días. Resultado: siempre estoy planchando camisas. Pero prefiero las camisas a las hamburguesas, por lo menos no huelen.* Chaucito[41] *hermana. Escríbeme seguidito. Un beso. Mirta".*

10

- ¡Mirta! ¡El teléfono para ti!

Dios mío, ¿otra vez Lautaro? Desenchufa la plancha y corre al salón.

- ¿Aló?

- Soy Borja. ¿Te acuerdas de mí?

- ¡Borja! Claro que me acuerdo. El nieto de don Francisco, ¿cierto?

- Oye, Mirta, quería proponerte una cosa: dan una película italiana muy buena en los minicines Rubens, está inspirada en una novela de un chileno, Skármeta...

- ¡*El cartero de Neruda*!

- La has visto, estaba seguro...

- Puedo verla mil veces, es maravillosa.

- ¿Entonces vamos? Paso a recogerte a la salida de clase. ¿Me dices dónde es?

- ¿Y la cena de tu abuelo?

- Pues le dejas algo preparado y ya está, no se va a morir de hambre.

- Ah, tengo una idea: le voy a preparar un *completo*.

- ¿Y eso qué es?

- Parecido a un *perrito caliente*[42] pero con miles de cosas dentro del pan: salchicha, palta, mahonesa, vegetales... ¡Completo!

- Le va a encantar.

- Seguro. Bueno, pues mi academia está en la Gran Vía, junto al metro de Callao. Salgo a las ocho y media.

- Pues allí estaré. ¡Hasta luego!

- Chau.

Don Francisco la mira sonriente:

- No tienes que preocuparte por mi cena, me preparas una once un poco consistente, con muchos sandwichitos y creo que sobreviviré.

- Tengo algo mejor para usted esta noche. Ya verá, se lo dejo en la nevera.

- Pues que te diviertas.

La portera está regando las plantas del portal cuando sale Mirta. La mira con su mirada perversa y no contesta al "buenas noches" que le dirige. Después murmura entre dientes:

- Muy contenta va la sudaca; seguro que ya pescó novio. A eso vienen todas, a casarse.

11

El *pub* está lleno, pero encuentran una mesa vacía al fondo.

- ¿Qué van a beber? -pregunta el camarero.

- Para mí un café irlandés, hace un frío en este Madrid...

- Para mí un *gin tonic,* por favor.

- ¿Te ha gustado *Il postino*[43] tanto como la primera vez?

- Más todavía. Además, en versión original es lindísima, qué lengua tan bella. ¿Por qué tenemos todos que aprender el inglés si existe un idioma como el italiano? Es una película poética y tierna... Siempre lloro cuando la veo; hoy también.

- ¿Tienes la novela de Skármeta? Me gustaría leerla.

- La tengo, pero en Chile, con todos mis libros. Es uno de mis autores favoritos. Me encanta como escribe.

- ¿Qué otros escritores chilenos conoces? Yo, aparte de Neruda...

- Bueno, Neruda es el gran maestro, Neruda es algo colosal y único, pero también están José Donoso, que murió hace poco, y Jorge Edwards... Y si te gusta la aventura y la ecología, tienes que leer a Luis Sepúlveda, un gran contador de historias.

- ¿Y las mujeres? ¿No tenéis mujeres escritoras?

- Claro que las tenemos, y sublimes: Gabriela Mistral, premio Nobel en 1945, imagínate una mujer premio Nobel en esos tiempos... y claro, Isabel Allende y, más reciente aún, Marcela Serrano... Hay hartas mujeres que escriben en Chile, ¿sabes?

- No te enfades, querida india araucana, todavía no te he llamado *sudaquita*.

- Para eso está la portera de tu abuelito, vieja *pendeja*[44].

Borja la mira atentamente. Mirta es realmente bonita con sus rasgos un poco mestizos: piel cobriza, ojos negros y un poco asiáticos, labios bien marcados, nariz pequeña, pelo negro y muy brillante, liso. Es delgada y esbelta y debe medir cerca de un metro setenta. También le gusta cómo se viste: lleva unos pantalones negros y ceñidos, un jersey rojo de lana fina y una chaqueta de *tweed* gris oscuro.

- ¿Echas de menos Valparaíso?

- Mucho. Extraño a mis amigos, a mi familia, a mi mamá sobre todo.

- ¿Y estás bien aquí?

- *Estoy flor*, como decimos en Chile. Tu abuelo es un amor.

- Está desconocido, lo has cambiado por completo. Sale a pasear, come mejor... Oye, una pregunta, ¿es muy caro viajar a Chile? Tengo tantas ganas de ir... El verano próximo, a lo mejor.

- Es muy caro; está lejísimos, está en el *poto*[45] del mundo, sabes. Pero hay agencias que hacen precios especiales...

- Podemos ir juntos, ¿no? Es más divertido que viajar solo.

- Bueno, no sé, todavía no sé cuánto dinero podré juntar de acá al verano. Tengo que ahorrar.

- ¿Quieres beber algo más?

- No, por favor, se me va a subir a la cabeza tanto trago. Es como con el *pisco sour* en Chile, cuando hace calor. Una delicia, pero peligrosa.

- Explícame qué es eso del pisco sour.

- Es la bebida nacional, pero te lo explicaré con palabras de Antonio Skármeta: "Brebaje chileno de 40º, procedente de la uva y batido con limón, azúcar, hielo y clara de huevo, y cuyo efecto permite al beneficiario olvidarse sin más de nombre, apellido, edad y, en el caso de los casados, frecuentemente de su estado civil[46]".

Borja se ríe.

- Eres maravillosa, Mirta.

- Sí, pero tengo que irme, es muy tarde.

- ¿Y qué importa?

- Sí importa. *Tengo apuro*[47].

- Bien, te acompaño a casa entonces.

Llama al camarero:

- ¿Qué le debo?

Paga y después atraviesan Madrid, casi vacío a la una de la mañana hasta llegar a la calle Menorca.

- Gracias, Borja, por el cine y por todo. Fue muy lindo.

- Gracias a ti, que eres la mujer más maravillosa del mundo. Espera un momento. ¿Puedo hacerte una pregunta?

- ...

- ¿Quién es Lautaro?

- Alguien de quien no quiero hablar en este momento. ¡Chaucito!

12

Termina de planchar las siete camisas de la semana y empieza a colocar en la pared de su cuarto los dos pósteres que Hernán le ha enviado: uno el del volcán Osorno, en el Sur, con su cumbre nevada, el símbolo de Chile; y otro, el desierto de Atacama, en el Norte, árido y hermoso. La pieza parece ahora más acogedora, más suya. Saca del armario un poncho de lana de vicuña y se cubre con él, siempre tiene frío en Madrid. Agarra la guitarra y toca viejas canciones de *Quilapayún* y de *Inti Ilimani*[48]. También canciones modernas que cantaban en los *pubs* de Valpo. Pero no está inspirada. Deja la guitarra, va al salón y ve a don Francisco delante de su eterno partido de fútbol: cada día uno diferente, pero a Mirta le parece siempre el mismo. El anciano parece contento.

- ¿Gana el Real Madrid, don Francisco?

- No está jugando el Real Madrid, Mirta. Juega el Betis contra el Depor.

- Ah.

Veinte hombres corren detrás de un balón, como posesos y otros dos intentan detener el balón. Qué juego más tonto.

- ¿Me ha llamado alguien, don Francisco?

- No, hija, ¿esperas alguna llamada?

- Oh, no, nada especial. A propósito, este fin de semana voy a ir casa de Ana Paula, hace mucho que no nos vemos.

- Buena idea, hija -contesta con los ojos fijos en el televisor.

Mirta se calla, triste una vez más.

Pasan quince minutos, media hora. De pronto, el viejo señor mira a Mirta y apaga la televisión.

- Tú estás triste, ¿verdad?

- Sólo un poquito.

- Bueno, cuéntame. ¿Cómo puede una chica como tú no tener novio?

- Sí lo tengo, mi *pololo*[49] está en Valparaíso.

- Lautaro, claro.

- Lautaro.

- Ajá.

- Pero es un amor imposible, por eso estoy aquí.

- ¿Está casado?

- Ni modo. Libre como el viento.

- ¿Entonces?

- Es una historia muy personal, don Francisco. No sé si debo...

- Pues claro que debes, hija. Hablar es bueno y yo soy ya tan viejo...

- Lautaro y yo nos conocimos en la universidad, yo en primer año de periodismo y él de asistente de un profesor. Yo dejé los estudios para venir aquí. Es un muchacho fabuloso: serio, inteligente, romántico, apasionado, estudioso... Me enamoré de él y fue una historia muy linda durante ocho meses. Un día le dije que quería conocer a su familia y presentarle a la mía. Entonces me confesó la verdad: en su familia hay una terrible enfermedad genética que se convierte en parálisis después de la pubertad. No todos sufren la enfermedad, pero todos pueden transmitirla, ¿comprende? Su hermano está en un sillón de ruedas, uno de sus primos y una tía paterna, también. Lautaro me dijo entonces que había decidido no tener hijos jamás, pero que quería casarse conmigo. Lo demás, ya lo sabe. Para mí, si algún día me caso, tener guaguas es muy importante. Por eso estoy aquí, porque quiero olvidar a Lautaro.

- Hija, es terrible lo que me cuentas, pobrecita Mirta.

- Pobre Lautaro sobre todo, señor.

En ese momento suena el timbre y entra Borja, altísimo, deportivo, elegante y sonriente, con una bolsa de libros en una mano y un ramo de flores en la otra.

- ¡Todos! ¡Los he comprado todos! Mira. Pablo Neruda: *Canto general*; Antonio Skármeta: *El cartero*; Isabel Allende: *La casa de los espíritus*; Luis Sepúlveda: *El viejo que leía novelas de amor*... ¡Tengo lectura para un año y todo gracias a ti, sudaquita! Te traigo estas flores para darte las gracias. Pero... ¿Por qué tenéis esas caras tan tristes? Esto parece un entierro.

- Nada, nada, no pasa nada, Borja. Anda, trae unas cervezas de la nevera y cuéntanos el motivo de tu visita...

- No, yo... bueno, pasaba por aquí y...

El abuelo se ríe:

- Borja, creo que nunca has venido a mi casa tantas veces como esta última semana.

- Es cierto. Quería invitar a Mirta a una fiesta en casa de unos amigos el sábado.

- El día sábado no puedo, paso el fin de semana con una amiga chilena.

- Tu amiga puede venir también...

- No sé, Borja, muchas gracias, pero prefiero estar tranquila con ella y hablar de nuestras cosas.

Borja piensa: "De nuestras cosas. De Lautaro, claro."

- Vale, te llamo el sábado por la mañana, a lo mejor has cambiado de idea. Hasta pronto, abuelo.

El viejo señor observa la escena muy interesado. Parece haber olvidado completamente su partido de fútbol.

- Espero verte pronto, hijo.

- Segurísimo, abuelo.

Borja se va muy serio y Mirta dice:

- Me voy a mi cuarto, don Francisco; quiero estudiar y escuchar música. Con permiso.

- Gracias por tu confianza, niña. Y si estás triste, ven a verme y habla; es bueno hablar.

13

La fiesta es en un chalé de La Moraleja, en las afueras de Madrid. Hay harta gente, buena música y mucho ambiente. Ana Paula la ha convencido:

- Tienes que divertirte, tienes que salir y conocer gente. Estás todo el día pensando en lo mismo. Vas a terminar mal, flaca.

- "Seguramente tiene razón" -piensa Mirta.

Y el sábado a las diez de la noche pasa Borja, feliz, a recogerlas en su coche. Silba admirativo cuando las ve, la morena y la rubia: Mirta de azul, Ana Paula de negro.

- Se van a morir de envidia mis amigos. Llevo a las dos chicas más guapas de la fiesta.

Inmediatamente, Ana Paula es acaparada por un amigo de Borja que tiene unos kilitos de más. Mirta le dice bajito:

- ¿Qué tal el *guatón*[50]?

- Regio. Ya sabes que me muero por los gorditos.

A Mirta le encanta bailar y la música y el ritmo le hacen olvidar sus problemas. Cuando llega la salsa, Ana Paula y ella son las reinas de la fiesta y todos los chicos quieren bailar con ellas. Pero Mirta no está nada a gusto.

- No es el tipo de gente con la que yo salgo normalmente. Ninguna de estas muchachas se gana la vida cuidando a un anciano y planchando sus camisas. Seguro que si lo saben, me mirarán de otra manera.

- No creo, Mirta, hoy día esos prejuicios ya no existen.

- ¿Estás seguro? Yo no soy la hija del embajador de Chile, soy una sudaca inmigrada y punto.

- Pero a mí me gustas mucho más que todas ellas juntas y más que la hija del embajador de Chile.

- Olvídate, Borja.

- ¿Por qué?

- Porque sí.

- Lautaro, claro... ¿Por qué no eres franca de una vez?

- Pues bien, seré franca: he venido a España para olvidar a Lautaro, porque nuestra relación es imposible, pero ha sido algo muy muy fuerte y por ahora no puedo entrar en otra historia... de amor, claro. ¿Por qué no hablamos de otras cosas y lo pasamos bien?

A las cinco de la mañana, cansada, pero un poquito *tomada*[51] y muy contenta, entra en su cuarto sin hacer ruido para no despertar a don Francisco. Encima de la cama hay una nota de éste:

> Ha llamado tu madre, dice que es muy urgente, que debes llamarla inmediatamente, a cualquier hora. Puedes usar mi teléfono, por supuesto.
>
> Buenas noches, niña.

Mirta consulta el reloj: las once de la noche en Valparaíso... pero tiene miedo. ¿Qué puede pasar? Va silenciosamente al salón y marca todos los prefijos y el número de su madre.

- Soy yo, mami. ¿Quiubo?

- Ay, m'hijita... Qué desgracia, no puedes imaginar. Lautaro... está en el hospital, un accidente, m'hijita. Los médicos dicen que vivirá, no te preocupes, pero el problema está en su cabeza, no puede soportar tu ausencia... En realidad no se sabe si fue un accidente o...

- ¿O un suicidio?

- Cierto.

- ...

- ¿Mirta? ¿Estás bien?

- Sí, mami. Estoy aquí, todo va bien. Creo que debo viajar a Chile inmediatamente. Pediré plata para el viaje a Ana Paula, ella puede prestármela. Dígale a Lautaro, por favor, que llego lueguito, que me espere.

- Ay, mi niña, yo no sé si es bueno...

- No pasa nada, mami, yo estoy reaccionando en todo esto como una egoísta y Lautaro es mucho más débil que yo, me necesita.

A las ocho de la mañana, cuando don Francisco sale del cuarto de baño oliendo a lavanda inglesa, la valija de Mirta está preparada y ella está reservando su pasaje por teléfono.

- De verdad, señor, no sabe cuánto lo siento, pero es cuestión de vida o muerte, ¿comprende? Ana Paula podrá reemplazarme por unos días, mientras usted encuentra otra persona. ¿Me perdona por dejarle así, de esta manera tan malcriada? Usted es el patrón más bueno del mundo y...

Don Francisco no sabe qué pensar y sobre todo está muy triste de ver que Mirta se va.

- Voy a llamar a Borja para que te acompañe al aeropuerto.

- Oh, no, por favor. Déle esta carta de mi parte, aquí le explico todo. Don Francisco, ¿me perdona?

- No tengo nada que perdonar, niña; pero sé que jamás encontraré a alguien como tú.

- ¿Me promete que dará paseítos por el Retiro?

- Te lo prometo.

- ¿Me promete que no verá fútbol a todas horas?

- Te lo prometo.

- ¿Me promete que nunca olvidará tomar *la once*? ¿Me promete que se interesará por la vida?

- Te lo prometo, y ya basta. Vas a perder el avión, niña.

- ¿Puedo dejarle los pósteres de Chile como recuerdo?

- Claro, te prometo también que nadie los quitará de esa pared.

- ¿Puedo dejarle mis cintas de música también?

- Claro, así no pensaré tanto en el Real Madrid.

- Adiós, don Francisco, cuídese.

- Adiós, niña. Buena suerte.

14

Han pasado seis meses. Don Francisco ha encontrado a una señora gallega muy seria y respetable que cocina correctamente y es muy limpia; pero no sabe tocar la guitarra, no canta canciones de Víctor Jara, no le habla de volcanes ni de lagos, ni de un país inmensamente largo; no le prepara comidas exóticas y tecitos y tampoco le enseña nuevas (o viejas) palabras que existen en el español de América. Para no pensar en todo eso, don Francisco se ha comprado un perrito y un canario. El Perrito se llama *Pinochet*[52] y el canario *Pavarotti*[53]. Sale todas las mañanas a pasear con el perrito por el Retiro y se sienta en un boliche a recordar los nombres de árboles lejanos que le enseñó Mirta. Compra comida para el canario, lo escucha cantar, juega con el perrito, oye las cintas que le dejó Mirta y algunas veces, los domingos sobre todo, mira los partidos de fútbol cuando juega el Real Madrid. Cuando lee la información deportiva internacional siempre busca los resultados del Colo-Colo. Algunas veces recibe la visita de Borja, que sale a menudo con Ana Paula, seguramente para hablar con ella de Mirta. Borja ha engordado mucho en estos últimos tiempos, pues para no caer en la depresión se dedica a comer dulces y chocolate a todas horas.

Y el tiempo va pasando...

Un día de primavera suena el teléfono en el gran piso antiguo de don Francisco y se oye la voz de Mirta al otro extremo del cable:

- ¡Don Francisco! ¡Gran noticia: me caso! ¡Me caso con Lautaro dentro de un mes!

- Qué alegría, niña. ¿Entonces todo va bien?

- Superbien; Lautaro y yo no podemos vivir el uno sin el otro; hemos hecho una terapia con un psicólogo y, ¿sabe qué hemos decidido? Pues adoptar tres o cuatro guagüitas... Hay tantos niños abandonados por el mundo, no importa si no son nuestros.

- Enhorabuena, Mirta, qué buenas noticias me das.

- Hay otra cosa, don Francisco: usted tiene que ser mi padrino de boda; tiene que venir a Valpo, así verá todo lo que le conté. Es tan lindo en otoño... Allá en Madrid están en primavera, ¿cierto? Don Francisco, dígame que sí... Ana Paula va a ser la madrina y también viajará a Chile.

- ¿Pero tú sabes los años que yo tengo, niña? ¿Cómo voy a hacer un viaje tan largo? Me da mucho miedo viajar, nunca llegué más allá de París.

- Don Francisco, acá estará como en su casa, toda mi familia le espera, siempre estoy hablando de usted y ya es casi como nuestro abuelito...

- Bueno, bueno, no me líes... Déjame pensar. Te llamo dentro de unos días, ¿vale?

- Vale, señor, chaucito.

15

La marcha nupcial de Verdi, interpretada al órgano por Sandra, suena triunfalmente en la vieja iglesia y Mirta, bellísima con un traje blanco confeccionado por su madre, se dirige al altar del brazo de don Francisco, que parece totalmente rejuvenecido. Hace una semana que llegó a Valparaíso y no ha parado un momento. La familia de Mirta le ha hecho visitar los viejos barrios de la ciudad con sus casitas de colores colgadas de las colinas, han subido en viejos funiculares imposibles, se han detenido en típicos *pubs* para beber *pisco* y oír tocar la guitarra, lo han llevado al barrio chino y a la vieja aduana. En uno de los quince ascensores que suben al mirador Diego Portales, ha admirado una magnífica vista del puerto y ha visitado igualmente el Museo de Artesanía y el nuevo Parlamento. El encanto un poco misterioso de Valparaíso ha conquistado a don Francisco, feliz de su viaje a Chile, y la madre de Mirta, una joven señora encantadora le ha prometido acompañarlo a Isla Negra, 100 kilómetros más al sur, donde está la residencia de Pablo Neruda, llena de recuerdos de sus viajes y aislada frente al océano. Allí escribió la mayoría de sus poemas y es donde está enterrado el poeta.

Lautaro entra en la iglesia detrás de ellos, del brazo de Ana Paula que va muy elegante con un vestido rojo y un sombrero negro. Sigue la madre de Mirta, todavía muy joven y atractiva, del brazo del padre de Lautaro y después, los abuelos vascos de Mirta, los hermanos de Mirta y los de Lautaro; los primos, los tíos, cuñados, cuñadas, una vieja tía abuela y los amigos, muchos amigos. Hay otro invitado español que ha venido de Madrid... ¡Borja! Borja, que salió del avión de la mano de Ana Paula, quien en el aeropuerto, confesó a su amiga:

- Borja es mi pololo, flaca. ¿Recuerdas? Siempre me gustaron los *guatones*.

Después de las bendiciones hay un banquete muy animado en un restaurante de la parte alta de la ciudad. El menú es exquisito y don Francisco encuentra que los mariscos chilenos y las frutas exóticas son extraordinarios. También ha bebido, con sus compañeros de mesa, algunas botellas de buen vino chileno, uno de los mejores del mundo y así, cuando llega el momento de los *brindis*[54] está entusiasmado.

- Brindo por la felicidad de Mirta, que es como una nieta querida para mí y de Lautaro, que ha sabido ganarse su amor. Brindo por mi nieto Borja, aquí presente, y por su novia, digo, su polola chilena, Ana Paula, que será una nueva nieta para mí; brindo por todos ustedes, mis nuevos amigos, que me han recibido de una manera tan cálida y entrañable; y... brindo por mí, porque he decidido quedarme a vivir en Valparaíso. Me encuentro aquí mucho mejor que en Madrid. Y brindo finalmente por el Colo-Colo, porque he decidido también hacerme socio de dicho club y no perderme ninguno de sus partidos.

Don Francisco levanta su copa y todos los invitados le aplauden y ríen. En ese momento, la orquesta empieza a tocar un vals criollo y el viejo señor invita a bailar a la recién casada.

- ¡Qúe bueno, don Francisco! ¿Es cierto que va a quedarse a vivir en Chile?

- Totalmente cierto. Nunca más podré soportar la tristeza de mi casa y de mi vida en Madrid. Pero... ¿Tú crees que me dejarán traer a Pinochet y a Pavarotti?

- Estoy segura de que sí, pero a condición de que le cambie el nombre al perrito... Hay que buscar algo más positivo, más moderno.

- ¿Qué tal *Mercosur*[55]?

- ¡Vale!

En ese momento Lautaro viene a buscar a su joven esposa para invitarla a bailar y don Francisco se vuelve hacia la vieja tía abuela olvidada en un rincón:

- ¿Un bailecito nomás, señora?

NOTAS EXPLICATIVAS

(1) **-ito/a**. El español de América emplea todavía con más frecuencia que el de España los diminutivos (generalmente de carácter afectivo).

(2) **Regio.** "Fantástico", "maravilloso".

(3) **Valija.** Sinónimo de "maleta".

(4) **Cobija.** "Colcha".

(5) **Pisco Sour.** Cóctel típico chileno. Aguardiente de uva, originariamente elaborada en el pueblo de Pisco (Perú).

(6) **Mi mamá, mi papá.** Los adultos de Hispanoamérica prefieren decir cuando hablan de sus padres "mi mamá", "mi papá".

(7) **Acá.** Término extendido en Hispanoamérica para designar "aquí".

(8) **Plata.** Término usado en Hispanoamérica como sinónimo de "dinero" o "fortuna". Su uso proviene de la abundancia de la moneda de plata en América, a partir de la conquista de los españoles. La cantidad de plata extraída en América, en proporción a la del oro era del 46:1.

(9) **Mapuches.** Indios araucanos que componen la mayoría étnica más importante de Chile (3% de la población).

(10) **Enojar.** "Enfadar".

(11) **Cabro.** En Chile, "chico", "muchacho".

(12) **Colo-Colo.** Equipo de fútbol de Santiago de Chile que atrae a un público muy popular mientras que su rival, La Católica, atrae a un público más selecto.

(13) **Cuadra.** Palabra de uso extendido en Hispanoamérica que designa "manzana", un bloque de casas contiguas rodeadas de calles.

(14) **Víctor Jara.** Cantautor, cantante y guitarrista de gran fama, que fue fusilado, después de haberle cortado las manos, al llegar al poder Pinochet.

(15) **Scarlett O'Hara.** Heroína de la película *Lo que el viento se llevó* ("Gone with the wind"), inspirada en la novela del mismo título de Margaret Mitchel.

(16) **Sudaca.** Término despectivo, pero que también puede ser utilizado de forma cariñosa y que designa en principio a emigrantes de países del Cono Sur y, por extensión, a todos los latinoamericanos.

(17) **Bulevar.** Deformación del francés boulevard. Se da este nombre en España a las calles que tienen un paseo central con dos filas de árboles y a ambos lados una vía para el tráfico y una acera para los peatones.

(18) **Flaquita.** Muy utilizado en Chile, de manera afectuosa, para designar a chicas jóvenes.

(19) **Carro.** Expresión extendida en Hispanoamérica para designar "coche". A menudo conviven los dos términos, como en el caso de Cuba.

(20) **Temblor.** En este contexto es sinónimo de "terremoto".

(21) **Valpo.** Diminutivo familiar de "Valparaíso".

(22) **Lindo/a.** En todo el ámbito hispanoamericano se utiliza más frecuentemente "lindo" que "bonito" o "guapo", preferidos en la Península.

(23) **Salsateca.** Discoteca donde se baila sobre todo salsa.

(24) **Laburar.** Sinónimo de "trabajar" en la lengua coloquial de Chile, pero sobre todo en Argentina y Uruguay. Proviene de la palabra italiana *lavoro* a través de la forma siciliana dialectal *laburu*.

(25) **Extrañar.** Sinónimo de "añorar" o "echar de menos".

(26) **La Julita.** En la lengua familiar de Chile es frecuente que los nombres propios de personas lleven artículo determinado.

(27) **Vosotros.** El pronombre de 2ª persona del plural "vosotros", las formas verbales, adjetivos y pronombres correspondientes han desaparecido en toda América Latina, Islas Canarias y ciertas zonas de Andalucía. Lo sustituye "ustedes".

(28) **Harto/a.** Muy empleado en Chile como adverbio de cantidad y como adjetivo. Aquí es sinónimo de "mucho".

(29) **Agarrar.** El verbo "coger" es tabú en muchos países de América. Sus equivalentes son: "tomar", "agarrar", "afirmarse", etc.

(30) **Gallego/a.** En Chile, como en otros países de Hispanoamerica, se nombra con el término "gallegos" a los españoles, ya que gran parte de los españoles que emigraron a América provenían de Galicia.

(31) **Guagua.** Palabra usada en Chile para designar "niño", "hijo". En Cuba y en Las Islas Canarias, "guagua" significa "autobús".

(32) **Chiringuito.** En España, bar-terraza de carácter popular, montado al aire libre. Es común verlos en la playa, en parques, o en ferias y otras fiestas populares.

(33) **De a poco.** "Dentro de poco", "pronto".

(34) **M'hijita.** Diminutivo y contracción de "mi hija", familiar y afectuoso.

(35) **Anteojos.** "Gafas".

(36) **Quiubo.** Contracción en la lengua familiar de "¿Qué hubo?", que significa "¿Qué ha pasado?".

(37) **La Araucana.** Poema épico de Chile, que canta las guerras de los indios araucos con los conquistadores españoles. Su autor es Alonso de Ercilla.

(38) **Gringo.** Término despectivo empleado para designar a los estadounidenses en América Latina. A veces, por extensión, a todo extranjero rubio.

(39) **Saco.** "Chaqueta".

(40) **Estar macizo/a.** Expresión coloquial española, usada por los jóvenes, que significa "ser guapo/a". Otras expresiones similares son: "estar como un tren", "estar bueno", etc.

(41) **Chaucito.** Deformación y diminutivo de la fórmula italiana *ciao.*

(42) **Perrito caliente.** Traducción literal del inglés *hot dog.*

(43) **Il postino.** Película italiana (1996) cuyo director es el británico Michael Radford, inspirada en la obra de Antonio Skármeta *El cartero de Neruda.*

(44) **Pendeja.** "Astuta", "necia", "poco fiable".

(45) **Estar en el poto del mundo.** En sentido figurativo significa "estar muy lejos".

(46) *No pasó nada*, de Antonio Skármeta. Plaza y Janés, 1996. Barcelona.

(47) **Tener apuro.** En Hispanoamérica significa "tener prisa". En España, "angustiarse", "preocuparse".

(48) **Quilapayún e Inti Ilimani.** Grupos musicales compuestos únicamente de hombres, que se hicieron famosos en el mundo entero en los años 70 como símbolo de la resistencia a la dictadura de Pinochet.

(49) **Pololo.** Expresión chilena que significa "novio".

(50) **Guatón/a.** Persona con unos kilos de más. "Gordito/a", "rellenito/a".

(51) **Estar tomado/a.** En sentido figurativo, significa "estar un poco borracho/a". Otras expresiones similares son: "estar colocado", "haber bebido un poco más de la cuenta", "ponerse ciego", etc.

(52) **Pinochet.** General del ejército chileno, actualmente jefe de las Fuerzas Armadas (1997) y que dirigió el golpe militar que derrocó y provocó la muerte del presidente Salvador Allende en 1973. Fue durante muchos años presidente de Chile.

(53) **Pavarotti.** Famoso cantante de ópera italiano.

(54) **Brindar o hacer un brindis.** Momento, al final de un banquete o en una ocasión especial, en el que se formulan deseos de éxito o felicidad y se bebe, después de levantar y entrechocar las copas.

(55) **Mercosur.** Asociación de países del Cono Sur (Argentina, Brasil, Uruguay, Paraguay y Chile como próximo miembro), basada en tratados que favorecen la liberalización de intercambios comerciales.

¿HAS COMPRENDIDO BIEN?

1. Elige entre *ser* y *estar*.

Don Francisco Valparaíso Mirta Borja La boda	**ES** **ESTÁ**	chilena. siempre triste. muy grande. muy alto. en Chile.

2. Coloca la preposición adecuada.

● en ● de ● hasta ● en ● de ● de ● en ● a ● para ● a

.... Valparaíso hay funiculares que suben .... las colinas, donde hay casas .... colores vivos. Mirta siente nostalgia .... esta ciudad y escribe .... su hermana .... decirle que está muy sola en Madrid. Ahí vive .... casa .... un señor anciano .... quien quiere ya un poquito porque siempre está pensando .... su esposa muerta.

3. ¿Verdad o mentira?

	V	M
Mirta estudia medicina en Madrid.	☐	☐
Don Francisco es un viejo solterón.	☐	☐
Chile tiene más de 4.000 kilómetros cuadrados.	☐	☐
Los autóctonos de Chile se llaman "mayas".	☐	☐
El gran poema épico de Chile es *La Araucana*.	☐	☐

4. Tienes que viajar a Chile en enero. ¿Qué ropa llevarías en tu maleta? Debes tener en cuenta la época del año que será en Chile.

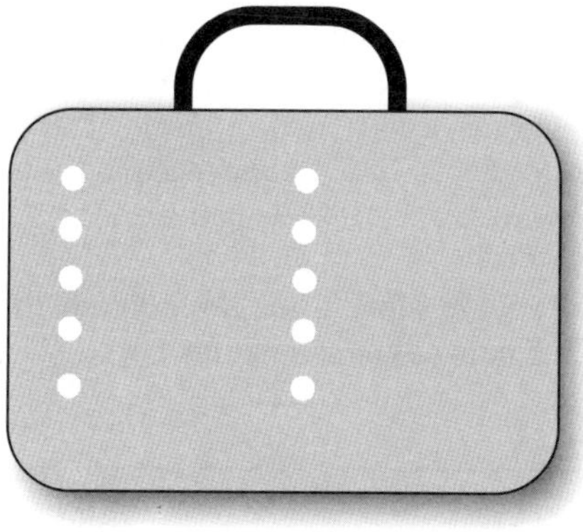

Si tuvieras que viajar a Chile en agosto, ¿qué ropa llevarías en este caso?

5. Completa el texto siguiente.

Don Francisco dice que no .... interesan los viajes y que .... ha viajado más allá .... París. Pero un día Mirta .... llama .... teléfono y lo convida .... su .... Don Francisco .... miedo de hacer un viaje tan ...., pero acepta .... invitación y al final decide .... a vivir .... Chile para siempre.

6. ¿Qué has aprendido sobre Chile leyendo este libro? Haz una breve lista de tus nuevos conocimientos en:

7. Estás en Santiago de Chile y de repente hay un temblor bastante fuerte. ¿Qué objetos importantes vas a sacar de tu apartamento para salvarlos? Tienes solamente 60 segundos y como único medio de transporte tus brazos y tus piernas. (Bueno, la espalda y la cabeza también.)

8. Mirta dice que los españoles y los chilenos se interesan demasiado por el fútbol. ¿Hay algún fenómeno parecido en tu país? Habla o escribe unas líneas sobre él.

....
....
....
....

9. Busca en el libro diez palabras que tengan un significado diferente en España y en Chile.

España

Chile

....
....
....
....
....
....

10. ¿Recuerdas (sin mirar el libro) el nombre de tres escritores chilenos? ¿Conoces algo de ellos, su vida, su obra, etc.?

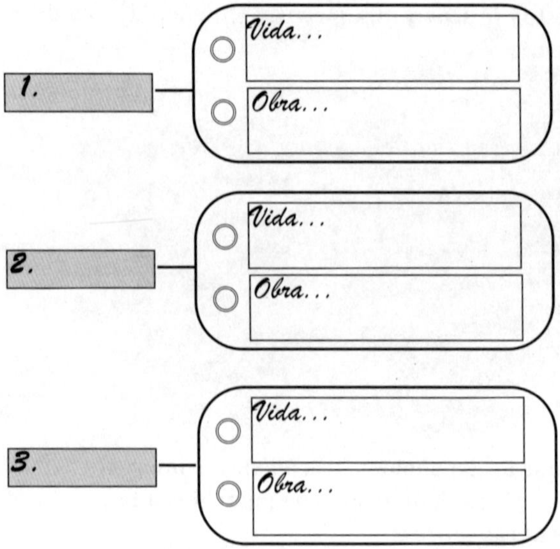

11. ¿Verdad o mentira?

	V	M
Los chilenos, como todos los latinoamericanos, utilizan mucho los diminutivos.	☐	☐
Il Postino es una película de los hermanos Taviani. Las empanadas son típicas de Chile, pero también se comen en España.	☐	☐
Don Francisco decide quedarse en Chile porque le gusta mucho más la vida en Valparaíso y se encuentra menos solo en esta ciudad.	☐	☐
El volcán más conocido en Chile es el Popocatepetl.	☐	☐

12. Contesta las siguientes preguntas.

- ¿A qué se dedica Sandra, la hermana de Mirta? ....
....
- ¿Quién ha hecho el vestido de novia de Mirta? ....
....
- ¿Por qué ha engordado Borja? ....
- ¿Qué defectos tiene Higinia, la portera de don Francisco? ....
....
- ¿Qué cambios ha experimentado don Francisco después de la llegada de Mirta? ....

13. El pisco sour es una bebida típicamente chilena. ¿Hay alguna bebida típica de tu país? ¿Puedes escribir la receta?

14. Busca en el texto.

Tres verbos terminados en -AR	Tres verbos terminados en -ER
○	○ ....
○	○ ....
○	○ ....

Tres verbos terminados en -IR	Tres verbos con irregularidad vocálica
○	○ ....
○	○ ....
○	○ ....

Tres verbos con irregularidad consonántica
○ ....
○ ....
○ ....

15. Combina los elementos siguientes.

Sandra Neruda La capital de Chile Julita Borja	**ES** **ESTÁ**	un poeta chileno. pianista. la hermana pequeña de Mirta. Santiago. enamorado de Mirta.

16. Imagínate que un editor te ha encargado un diccionario español/español. ¿Cómo definirías las palabras siguientes?

Viudo/a. ....
Mapuche. ....
Temblor. ....
Cartero. ....
Escritor/a. ....
Mestizo/a. ....
Araucaria. ....
Volcán. ....

19. Escribe una carta a un amigo o amiga que estén lejos, invitándolos a tu boda o a la boda de algún familiar tuyo.

Querido/a ....

....
....
....
....
....

17. ¿Cuál de los personajes de la novela te inspira más simpatía y por qué? Habla de él en unas líneas.

....

....

....

....

....

18. Combina los elementos siguientes, conjugando los verbos.

Hernán y Lucho	**SER**	cuatro hermanos.
Mirta	**TENER**	nieto de don Francisco.
Borja		cinco hijos.
La madre de Mirta		hermanos de Mirta.
Don Francisco		abuelo de Borja.